Vita brevis - ars longa.

Copyright: Hartmut Moreike
Moskau/Ahrensfelde/St. Petersburg 2018
Herstellung und Verlag:
BoD - Books on Demand, Norderstedt
ISBN 978-3-7528-7056-5
Verkaufspreis: 6,66 Euro

VOM WEGESRAND GEPFLÜCKT

LYRIK

HARTMUT MOREIKE

Im Schneesturm

Nadelspitze Eiskristalle
sturmgetrieben
fegen durch die weiße Hölle.
Schwarze Wolken
Schnee beladen
lasten tief auf Bergesspitzen.
Und die Ströme
schockerstarrt
liegen bleiern in den Ufern.
Tief verweht alle Wege
unpassierbar
weisen tödlich in die Irre.
Pferde dampfend
schweißgebadet
traben müde vor der Troika.
Ungebannt Naturgewalten
frostverzaubert
stehen Zedern im Spalier.
Wodkaselig singt
der Fuhrmann
im verharschten Pelz ein Lied.

Der eherne Reiter

Stolz herab blickt der Zar Peter,
hat die Stadt im Sumpf erdacht
und die Knochen der Erbauer
stützen der Paläste Pracht.

Bräute legen Sträuße nieder
im Gedenken an den Gründer,
dem Poeten widmen Lieder
und ihn kennen alle Kinder.

Pjotr primo steht geschrieben
an dem Sockel aus Granit,
denn er herrschte nach Belieben,
als des neuen Russlands Schmied.

Unter seinem Namenszug
fand Erwähnung eine Frau,
Katharina secundo war so klug,
machte steinern, Peters hölzern Bau.

Zwei große Zaren so beliebt
vereint auf Piters Monolith.

Unschuldige Venus

Heimlich vor dem Spiegel
steht sie nackt und bloß,
schaut auf sanfte Hügel
und das Vlies im Schoß.

Fühlt der Fremden Blicke
beim Spazierengehn,
ahnt, dass sie erquicke,
jungfräulich und schön.

Bubikopf in wilden Locken
Mieder eng figurbetont,
Röckchen nur kurze Glocken
so dass sich der Anblick lohnt.

Spielerisch mit jungen Charme
spürt sie ihrer Venus Macht,
träumt des Nachts Romane
und das Liebessehnen erwacht.

Sommerhimmel

Wir liegen im Heu
und träumen
uns in den Himmel hinauf,
wo Sterne
in weltweiten Räumen
von ferne blinken zuhauf.
Erschöpft
von zärtlichen Küssen
fliegen Gedanken weit,
zu gerne wollen wir wissen
wohin uns die Zukunft treibt.
Sternschnuppen
fallen hernieder,
wecken geheimes Sehnen
doch die Erde hat uns wieder
sobald die Hähne krähen.

Roter Mond über der Newa

Ein roter Mond
in weißer Nacht
unwirklich thront
in prächtger Wacht,
zweimal spiegelnd sich
im grauen Newawasser
und im Geisterlicht
des längst verlorenen Tages.

Ein roter Mond
in hohem Bogen
zieht ruhig ohne Schranken
die immer gleiche Bahn
und zu ihm fliegen
Wünsche und Gedanken
in Liebe süßen Wahn.

Ein roter Mond
mit seinem Lauf
hat schon alles gesehen
was in St. Piter einst zuhauf
von Zaren und von Bolschewiki
an Unrecht ist geschehen.

Und dennoch scheint er immer wieder.

Die Cellistin

Wie sie das Instrument
so vehement
mit ihren Schenkeln
fest umfasst,
das hätte zum Geplänkel
der Liebesnacht gepasst.

Wie sie den Bogen führt,
die Saiten kaum berührt
die Lider träumerisch
den Tönen lauschend
fest geschlossen
als hätte sie ganz inniglich
den Liebesrausch genossen.

Wie sie das Cello streicht
so elegisch elfenzart
und dann wieder recht hart,
das gleicht in seiner Art
nur dass ihrs es auch wisst,
wie sie den Liebsten küsst.

Blumen im Winter

Über Nacht
hat der Maler Frost
sein Werk vollbracht,
Eisblumen zart
und filigran
in tausendfacher Art.

Niemand hätte je gedacht
dass dieser so raue Geselle
ganz auf die Schnelle
schafft so zauberhaft
diese winterliche Pracht.

Eiskristalle gebunden
zu einem Blumenflor
doch schon nach Stunden
im goldnen Sonnenlicht
sind sie entschwunden,
einfach fortgewischt.

Für Jewgeni Wutschetitsch

Als die Menschen
erstmals schmolzen Eisen,
machte sie nützliches Werkzeug draus,
für das Feld, die Jagd und das Haus.
Doch in Gier nach Gut und Gold
schmiedeten Menschen
mit dem Segen der Pfaffen
eiserne Rüstungen und Waffen.
Und so seit tausend Jahren
überzogen Kriege das Land,
zogen plündernde Scharen,
setzten Städte und Dörfer in Brand.
Pflugscharen wurden zu Schwertern,
Mordgier herrschte und Foltern,
verstummt der Glocken Klang,
geschmolzen für Bronzekanonen
mit tödlichem Gesang.
Bis heute!
Aufgewacht Leute!
Es reicht, nur zuzusehn,
was der Menschheit widerfahren,
es wird Zeit die Sache umzudrehn:
Schwerter wieder zu Pflugscharen.

Worttändelei

Es steht,
wie schon die Alten meinen
mit unserer Sprache
nicht grad zum Feinen.
Der Wortschatz hat sich reduziert,
das Briefschreiben ist außer Mode,
es wird direkt nicht kommuniziert,
elektronisch ist jetzt die Methode.
Gedankenlos wird oft gelogen
und sinnlos leicht drauflos geplappert,
ein Wort ist schnell dahergesagt,
dem Mund, wie der Spatz entflattert.
Mal ohne Sinn und ungefragt
oft auch recht böse und gemein,
mal anzüglich und sehr gewagt
dann wieder Englisch und Latein.
Dass Sprache aber Denken ist,
wird hierzulande oft vermisst.

Hände

Hände
sprechen Bände,
erzählen
vom Leben,
vom Nehmen
und Geben,
vom Zupacken
und
im Schoß liegen,
vom Streicheln
und Schlagen,
von guten
und
schlechten Tagen,
vom Verlieren
und vom Siegen.
Hände
sprechen Bände
beim Falten und
beim Ballen,
beim Schütteln und
beim Krallen,
auch beim Segnen
und beim Ringen,
beim Begegnen
und beim Nehmen
wie beim Bringen.

Hände
in Unschuld waschen
oder tief in den Taschen
und sinken lassen
oder rein spucken,
zur Faust ballen,
oder zugreifen wollen
wenn sie jucken.
Freundlich ausstrecken,
aufs Herz
oder in Feuer legen,
im Spiel haben,
hinterm Rücken verstecken
zum Beifall regen,
zart küssen.
Hände
können frei sein
oder gefesselt,
rein sein
oder schmutzig,
unsicher
oder entschlossen,
alle Trümpfe halten
oder leer sein.
Sie können
Kinder auf die Welt helfen
und ebenso gut töten.
Jeder hat es in der Hand.

Mondgedanken

Ich glaube nicht,
dass die schöne Frau Luna
ihre Unschuld verloren hat
durch die staubigen Stiefel
eines US-Astronauten.

Guter Mond,
dein romantisches Licht
verträgt sich nicht,
mit Hightech-Raketen
und Landvermessern
die den Weltraum erobern,
um ihre Claims abstecken,
die Mondstaubfresser.

Der Mann im Mond
ist ein Friedensfreund
und duldet ganz sicher nicht
auf seinem Trabanten
Waffen und Raketenbasen
für einen Weltraumkrieg
der Rüstungslieferanten.

Ein Bild der Geliebten malen

Leinwand will behandelt werden
wie dein hübsches Kind,
trag Grundierung tüchtig auf
und sei nicht farbenblind.

Wähle die Töne mit Bedacht,
schwing den Pinsel kühn und zärtlich,
dennoch ist es angebracht
nicht all zu überschwänglich.

Für Umrisse nimm feines Haar
und male sie mit rechtem Schwung,
die Linien dünn und dennoch klar,
und male mit Begeisterung.

Mit Schatten und mit Licht
bedecke den lieben Körper dann
denn so, mein Freund, sieht man nicht
was der Geliebten nicht gefallen kann.

Der Kontrabass

Die Mammutgeige
das ist klar,
ist weder filigran noch fein,
doch trübt wie oft der Augenschein,
denn sie brummt wunderbar.

Und wird der Bass gestreichelt
sanft mit Bogenschwung,
so wird das Ohr geschmeichelt
oft bis zur Begeisterung.

Das Zupfen auf den Saiten
ob nach Noten oder frei,
das kann niemand bestreiten
ist bester Töne Malerei.

Der Kontrabass
in allen Ehren,
ist schwer zu spielen ohne Fragen
doch nach dem letzten Ton,
da ist nichts zu belehren
ist er auch nicht leicht
nach Haus zu tragen.

Sonnenuntergang

Hinter blühend
weißem Flieder
sinkt rotglühend
die Sonne nieder.

Kühlt sich ab
in Meereswogen,
ist recht erschöpft
vom Himmelsbogen.

Bald versinkt sie
dort fern im Meer
ihrer Galaxie
bis zur Wiederkehr.

Mit neuem Sonnenlicht
auch der Mond versinkt,
und der Tag anbricht,
neues Werk beginnt.

Stroh im Haar

Weiches Bett im Weizen
wo wir uns geküsst,
du mit deinen Reizen
uns die Nacht versüßt.

Und im Licht des Mondes
wunderte ich mich wieder
über deine Brüstchen
und die weißen Glieder.

Deine dunklen Augen
hieltest du geschlossen,
und ich habe dankbar
deine Lust genossen.

Als der Morgen graute
lagst du nackt und bloß
mit einem feinen Lächeln
noch in meinem Schoß.

Als wir heimwärts gingen,
Arm in Arm so wunderbar
hat ich Lust zum Singen
und du Stroh im Haar.

Nymphenreigen

Im Park
im Schatten uralter Bäume
steht eine verwunschene Bank,
gern sitze ich da und träume
und lausche der Nymphen Gesang.

Sie tanzen dort
um die drei Eichen,
die eng zusammen stehn
im Nebeldunst den bleichen,
und ihre zarten Gewänder wehn.

So mancher nächtlich Geselle
widerstand nicht ihrem Gesang,
und er folgte ihnen auf der Stelle
und spurlos im Moor dann versank.

Auch erlag fast dem Zauber
der Sirenen anmutigem Lied,
doch mich überkam ein Schauder
und ich folgte ihnen nicht in das Ried.

Im Sapsan

Als Nikolaus
lies bauen die Eisenbahn
zwischen Moskau und Petersburg,
dachte der Zar bestimmt nicht daran,
dass hier einmal rast der Sapsan.

Die Landschaft
fliegt nur so vorüber
so scheint es, Weiler, Wald und Seen,
die russische Weite so zauberhaft
und mir genau gegenüber
sitzt ein Engel, so zart und so schön.

Die Augen
der fremden Schönheit
sind hinter der Zeitung verborgen,
sie las schon eine Ewigkeit
und dennoch merkte sie wohl doch,
wie ich sie mit blicken umworben.

Das Blatt
ließ sie dann sinken
sie lächelte mich freundlich an
und ich schien zu ertrinken
in ihrer Augen magischem Bann.

Kein Wort
störte die Stille
beim unsrer Blicke Rendezvous,
als herrscht ein höherer Wille,
mit stummen Lippen sprachen wir
von Liebe, Freiheit und Genuss.

Und bis St. Petersburg
hat sie kein Wort gesprochen,
die russische Sehenswürdigkeit,
sie hat das Herz mir gebrochen.

Sie drehte sich nur kurz winkend um,
ich sah sie in der Menge gehn,
die schöne, rätselhafte Unbekannte
nie habe ich sie mehr gesehen.

Doch in so mancher Nacht
seh ich noch dieses Augenpaar,
das mich um den Schlaf gebracht
sehr lange Jahr für Jahr.

Sapsan - russ. Wanderfalke

Mit links gemalt

Der Staatsrat feiert Jubiläum,
sieht sich nach einem Künstler um,
im Bilde würdig festzuhalten
all seine ehrwürdigen Gestalten.

Ein Meister war bald ausgewählt
der sicher zu den besten zählt,
die Wahl fiel endlich auf Ilja Repin,
das schien für alle ein Gewinn.

Doch haben die Edlen wenig Glück,
dem Maler quält ein Missgeschick,
die rechte Hand hängt taub in Schlingen,
mit ihr kann kein Gemälde gelingen.

Mit Schülern ist es dennoch gelungen,
worüber loben Feuilleton und Zungen
das Monument in Firniss und Farbe,
die ganze alte, vertrottelte Garde.

Das Staunen selbst den Zaren befällt,
der es auch für ein Meisterwerk hält,
und selbstbewusst der Repin prahlt:
Das, das hab ich nur mit links gemalt.

Die Posaune

Ja die Posaune
macht gute Laune,
denn mit den Zügen
blies ich sie mit Vergnügen.

Die Wangen fest,
die Hand recht locker,
die Lippen dann gepresst
so bläst ein Posaunen-Rocker.

Das Mundstück
macht den guten Ton,
und zu meinem großen Glück
begriff ich das bei den Etüden schon.

Doch wenn es heißt
der schönste Mann im Saal,
das ist der Posaunist,
das ist ein Märchen und fatal
und auch ein Haufen Mist.

Die Lippen,
es ist zum Ausflippen
sind nach dem Konzert
noch lange taub und versehrt
und taugen nicht zum Küssen,
das hätte ich früher wissen müssen.

Zeit

Zeit vergeht
von früh bis spät,
hält uns im Trab,
ist immer knapp.
Die Zeit
ist im Fluss,
ob in der Liebe
oder im Verdruss.
Jede Zeit
hat ihr Gesicht
und ihr Gewicht,
weil sie uns prägt
und uns auch trägt.
In Zeit
und Raum
sind wie gefangen
und das Verlangen
ist ein Traum
sie einmal anzuhalten.

Der Zahn
der Zeit nagt
ungefragt so eben
immer und überall,
auch an unserem Leben.

Sehnsucht

Unglücklich das Liebespaar,
das in Sehnsucht sich verzehrt,
und auch der Mensch in der Fremde,
den das Sehnen bald zerstört.

Doch Sehnsucht
heißt auch Leidenschaft,
was immer ist so oft verflucht,
gibt Künstlern Inspiration und Kraft.

Und Sehnsucht
ist Hoffen auch und Fühlen
in unser Träume Zuflucht,
die in unseren Herzen wühlen.

Die Sehnsucht hat kein End,
so lang wir wandeln auf Erden
von der Stunde unserer Geburt
bis hoch betagt wir dann Sterben.

Schwanensee

Ich habe mich verliebt
in vier kleine Schwäne,
die mich mit ihrem Tanz besiegt
und so manche Freudenträne
entlockten sie mir im Parkett.
Ihr anmutiger Solotanz
so unschuldig und feenhaft grazil
und voller natürlicher Eleganz
ist ihrer Beine gleiches Spiel.
In Schwanensees zweitem Akt
wenn dann ihr Solo erklingt,
hat es mich jedes Mal gepackt
was achtbeinig so gut gelingt.
Meister Tschaikowski
hat mit diesem Ballett
das tanzend zeigt der Liebe Macht,
Generationen im Rang und Parkett
ein ewiges Geschenk erdacht.
Es ist der kleinen Schwäne Traum
bestimmt im Großen wie im Ganzen
mit Fleiß und auch mit Gottvertraun
als Prima die Odette zu tanzen.

Wieder am Baikal

Schwermut
klingt aus alten Liedern
übers große Wasser
fliegt ein leiser Schall,
Bergen spiegeln sich wieder
und ein Mond ein blasser,
in den Fluten wie Kristall.
Drüben weit
am anderen Ufer
wo ich einst umhergeirrt,
fließt die Angara dahin,
strömt so schnell
wie auch mein Leben
in Erinnerung verwirrt.
In der malerischen Bucht
wo die Steppengräser blühen,
brennt ein Lagerfeuer
doppelt sich im Seenspiegel
und in seinen Flammen
meine Träume glühen.
Nie vergesse ich den Ort
wo der Zauber einst begann,
Honiglippen, Lustgestöhn
Baikalgötter euch zum Gruß,
wo ich einst dein Herz gewann.

Launische Liebe

Wohin es mich treibt
in traurigen Zeiten
mit gebrochenem Herzen
und frostiger Seele
in unbekannte Weiten.

Der Herbst ist vergangen,
bunte Blätter fielen
und was erblühte im Mai
das süße Liebesverlagen,
es ist für immer vorbei.

Die Liebe, sie blüht
zu allen Jahreszeiten,
doch kommt und sie geht
allein wie sie es will,
wird himmlisches Glück
und höllischen Kummer bereiten.

An der Moskwa

Der Tag erwacht
und Nebelschwaden
tanzen feengleich
über den trägen Fluss.

Sterbende Blüten
von wildem Holunder
verströmen betörend
ihren süßlichen Duft.

Lerchen begrüßen
die Sonnenstrahlen
und auf den Lidern
schmilzt der Tau.

Wir waren eins
und noch namenlos
hungrig im Glück
schicksalsergeben.

Zauber der Liebe
auf grüner Wiese
war nur Magie
vom Winde verweht.

Sirenen

In fernen Kindertagen
als die Bomben fielen
auf das brennende Berlin,
da hört ich die Großen sagen
das alles verdanken wir ihm.

Da war vom Leibhaftigen
die scheue Rede wohl,
denn wer konnte es anderes sein,
der wollte, dass unser Haus versank
in Schutt und Feuerschein.

Schlafe, mein Kindchen schlaf ein
im Bunker unter Ruinen
wenn im Flakscheinwerferschein
und im Sirenenstakkato
explodieren tödliche Minen.

Wenn heute ganz harmlos erklingt,
die Sirene der Feuerwehr
in unserer kleinen Straße,
da sträuben sich mir die Haare
und mein Herz stolpert schwer.

Deutschland deine Panzer

Es reicht nicht,
dass zweimal
Deutschland
entzündete
den Weltenbrand.

Deutsche Panzer,
deutsche Wertarbeit
mit dem Segen
von Kirche
und Staat
rollen wieder weltweit.

Wir müssen
die Kriege bekämpfen,
so deutsche Politiker
in Sonntagsreden
und geben Waffenexporten
in Krisengebiete ihren Segen.

Wo Kriege
heute Menschen töten,
Häuser und Gärten zerstören
und Städte versinken
in Trümmer und Rauch,
sind deutsche Waffen
beteiligt, und Panzer auch.

Die Pianistin

Schwarz
oder weiß
das ganze Instrument
und auch die Tasten
auf denen die Finger hasten
so vehement.

Die Pianistin
noch jung an Jahren
schmeichelt und streichelt
das Elfenbein
und schlägt auf es ein
mit wehenden Haaren.

Die Hände
der Solistin
so zart und schlank
sprechen Bände
und finden sicher den Ton
mit dem siebten Sinn.

Die Augen
der Schönen
sind oft geschlossen,
als lauscht sie
hinterher ihren Tönen,
ich habe ihr Spiel genossen.

Kinderkreuze

Auf dem Friedhof
in einem vergessenen Ort
mitten im Ural
sah ich Puppen
neben den Kreuzen
und Teddybären,
und suchte Antwort.
Denn ich konnt nicht erklären
warum soviel Gräber
in Gruppen
von Kindern hier wären.

Das Dorf
schien leer und verlassen
mit glaslosen Fenstern
und vernagelten Türen.
In den verwinkelten Gassen
konnte ich einen alten Säufer
in einer Ecke aufspüren.
Der druckste lange herum
und erzählte das nicht fern,
eine ganz geheime Fabrik
produzierte giftiges Plutonium.

Und die nicht starben
zogen fort im vergangenen Winter,
zurück blieben die Kreuze der Kinder.

Geflüster

Es flüstern die Blätter
der Bäume im Wind
und die Pärchen
auf der Bank im Park.
Es flüstert die Mutter
mit ihrem Kind
und das Bächlein
rauscht noch nicht
über Stock und Stein
verbreitert flüsternd sich.
Und Studenten
beim Examen
raunen flüsternd
ist das schwer,
und am Bordstein
flüstern Schwalben:
na mein Kleiner,
komm mal her!
Kichernd flüstern
kleine Mädchen,
wer wie viel Busen hat,
hinter einem Lädchen
flüstern Liebesleute zart.

Mai 1945

Müde ruhten die Soldaten
Ruß im Antlitz von der Schlacht.
Fern krepieren noch Granaten,
doch sie löffelten mit Bedacht
dicke Kascha, dunkles Brot.

Und wir kleinen Naziwaisen
spähten hungrig und in Not,
zu der Feldküchen duftgen Speisen
auf das so nahe Angebot.

Fremde Laute luden ein
auch mit freundlichen Gebärden,
bei dem Mahl dabei zu sein,
ohne sich selbst zu gefährden.

Denn die alten Volksgenossen
warnten vor den wilden Russen
immer noch und unverdrossen
konnten sie uns beeinflussen.

Doch der hungrige Magen
siegte über Angst und Gefahr
und die Kascha muss man sagen,
schmeckte einfach wunderbar.

Sommerregen

Warme Schauer
Sommerregen
nässen frech
und ganz verwegen
die feine Bluse
von der Suse.
Was für ein Pech.
Tropfen formen
wie ein Bildhauer
den schönen Busen
unterm feuchten Musselin
und alle schauen gerne hin.
Sommerregen
bringt also nicht nur
den Bauern Segen.

Was ich so träume

Ermattet schlief ich
an dem Sommerabend
im Park unter der Eiche
wo Morpheus mich umarmend
entführt in seine Reiche.

In seh ein Nixlein jung und bloß
aus stillen Fluten steigen,
Nebel nur verhüllt den Schoß,
der Mond hängt in Zweigen
und leuchtet auf sie nieder,
versilbert ihre zarten Glieder.

Mit Zittern und mit Bangen
schau ich zur Fee hinüber
mit wachsendem Verlangen
sie in den Arm zu nehmen,
da schaut sie zu mir rüber.

Und als sie mich entdeckt,
so vollends hüllenlos beim Bade,
hab ich die Nymph erschreckt
und eh ich weiß, wie es geschieht
sie bang ins tiefe Wasser flieht.
Ich wache auf, schade!

Weiße Nächte

Sonnenlicht
will kaum weichen,
Häuserfluchten
still im bleichen
Zauberschein.

Granitene
Uferterrassen
sonnenerwärmt
sind nicht verlassen,
sondern umschwärmt
von Liebespaaren.

Newabrücken
ragen geöffnet
wie zum Entzücken
Lichter beladen
himmelwärts.

Zarenpaläste
träumen am Fluss
verwaist ohne Gäste
voller Genuss
alten Zeiten nach.

Waldmeer Taiga

Taiga
menschenleer,
ein zedernreiches
Waldmeer,
ozeangleich.
Landschaft
jungfräulich
unberührt,
mit Flüssen
voller Urkraft
denen Ehre gebührt.
Bodenschätze
ungehoben,
endlose Sümpfe
von Sagen umwoben.
Raubbau an Holz
und wilden Tieren,
der ganze Stolz
auf den stieren
Weltkonzerne
ohne Moral
vom Ural
bis hinterm Baikal.

Versprechen

Versprechen
hoch und heilig,
zögernd gegeben
oder eilig,
in die Hand
oder geschrieben,
ob als Pfand
oder durchtrieben.
Oft gebrochen
selten gehalten,
schnell gesprochen.
Ein Verhalten
sehr befremdlich,
leider heute
für viele Leute
selbstverständlich.

Steppe rings umher

Sehnsuchtvoll
der Russen Lieder,
die sie in der Steppe singen.
Jagt die Troika
Staub beladen
Rosse schnaufen, Schellen klingen.

Mädchenlachen
an den Brunnen,
wenn sie uns das Wasser bringen.
Braune Schöne
dunkle Augen
lassen fast das Herz zerspringen.

Sternenklar
die Steppenacht
Zauberwesen uns umringen.
Morgennebel
Hahngeschrei,
Zeit zur Weiterfahrt sich zwingen.

Die Muschel

Im feinen goldenen Sand
liegt unschuldig die Muschel,
doch um ihren Namen
gibts stets ein Getuschel.

Nichts wegen der Perlen
im ihrem rosa Fleische,
wohl wegen des Platzes
im anatomischen Reiche.

Denn ihre liebliche Gestalt
entzündet heißes Begehren
und wenn das Blut wallt
kann niemand sich erwehren.

Im Zauber lauer Sommernacht
erglüht so mancher Marmorschoß
und Göttin Venus ist so schlau,
macht der Nymphe Gürtel los,
Muschel empfängt den Liebestau.

Genremaler

Ein Paysagist am Waldesrand
mit Palette und auch Staffelei
malt mit sicherer Künstlerhand
gekonnt das naturelle Konterfei.

Das schönste Vorbild ist die Natur,
meint auch der, der nur Akte malt
und sucht Modelle mit Venusstatur
bei deren Anblick jeder strahlt.

Da lächelt mild der Expressionist,
ihm ist Reelles schlicht einerlei,
er malt, wie ihm die Stimmung ist
und fühlt sich so recht frei dabei.

Mit Strichen und mit Klecksen
die Farben wild und bunt vermischt,
mit Schatten und mit Lichtreflexen
und jede klare Form verwischt.

Bei der Vernissage Leute staunen
über den gekonnten Rückenakt,
auch die Landschaft erntet Raunen.
Doch die Moderne findet wenig Gunst,
verwundert fragt man: Ist das Kunst?

Origami

Sembazuru heißt Kranich,
gefaltet aus Papier
und Sadako Sasaki
war ein Mädchen,
der Eltern Freude und Zier.
Sie lachte gern
und war noch keine drei,
als am 6. August 1945
ein Bomber mit weißem Stern,
sie goss im Garten den Bonsai,
Hiroshima den Tod brachte
mit Little Boy.
Welch ein Hohn!
Während am Himmel
die US-Besatzung lachte,
blieben in der atomaren Höllenglut
nur noch die dunklen Schatten
von Menschen aus Fleisch und Blut.

Sadako hatte großes Glück,
überlebte das tausendfache Sterben
scheinbar unversehrt.
Doch nach einigen Jahren,
der Bomberpilot war hoch geehrt
holte Sadako ein das Verderben.
Sie war zwölf und hatte Träume,
da erkrankte sie an Leukämie
und vor ihrem Fenster die Bäume,
sie blühten wie noch nie.

Nun gibt es in Nippon die Sage:
wer Kraniche faltet tausendfach,
dem erfüllen die Götter ohne Frage
den Wunsch, dem man ausgedacht.
Die Krankheit setzte Sadako zu,
doch sie wollte so gern leben
und faltete Kraniche ohne Ruh,
mit schwachen, blassen Händen.
weit über tausend, vergebens,

Ihr Tod ist nicht ungehört geblieben,
denn jedes Jahr am 6. August,
falten Kinder überall und ungezählt
Kraniche als Symbol für den Frieden
und eine atomwaffenfreie Welt.
Und wir alle sind Hibakusha,
Überlebende des Atominfernos!

Ich falte keine Kraniche,
doch ich werde nicht aufhören,
meine Stimme zu erheben
bis die Militärs von Moskau
und Tel Aviv, von Delhi
bis Washington
alle Atomwaffen zerstören,
auch die auf deutschen Boden!

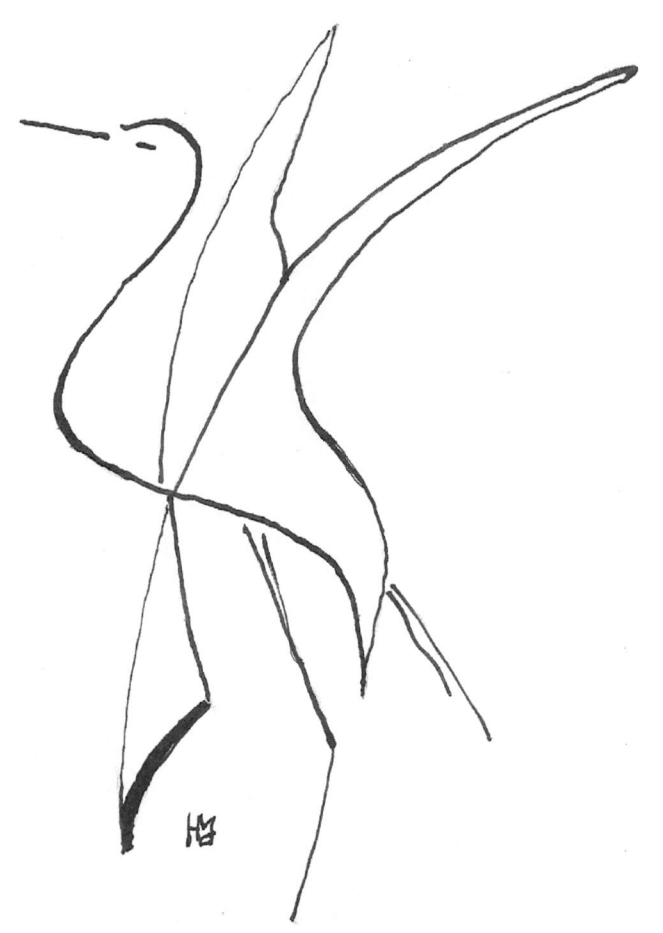

Berlin

Unter den Brücken der U-Bahn
dort in der Schönhauser,
hab ich mein erstes Mädchen geküsst.
Wenn über unseren Köpfen
der Zug donnerte mit Brausen,
erzitterten die stählernen Pfeiler
und unsere Körper auch.

In einer Nebenstraße
das Pflaster war alt und rund,
da blühte ein Löwenzahn
und ein jedes Auto umfuhr es.
Nicht aber den kleinen Jungen
aus unserem Nachbarhaus.

Unter den Brücken der Spree
dort im Schatten des Domes,
gab es Krebse ohne Zahl.
Ihr Tisch war reich gedeckt
durch die versunkenen Körper
der Weltkriegstoten.

An den Wänden des Reichstags
sind Inschriften erhalten,
von müden russischen Siegern:
Ich war hier und habe ausgespuckt!
Was man sät, das wird geerntet!
Und ein Herz von Anatoli für Galina,
die seit 1941 auf ihn wartet!

Pariser Hausboote

Auf der Seine
liegen Boote
am Kai fest vertäut.
Das sind Kähne
mit besonderer Note
und interessanten Leut.

Sie lieben
das freie Leben,
die hier gestrandet sind,
es sind Träumer eben,
sie trotzen dem Gegenwind.

Am Abend
tragen die Wogen
ihre Lieder in die Stadt,
und unter Brückenbogen
wo der Clochard sein Lager hat.

Die Lichter
vom Eifelturm blinken,
flimmern in der Seine,
und auf dem Booten trinken
sie zu Brie roten Burgunder,
bis dass die Hähne krähn.

Und noch ein leeres Dorf

Hinter einem dichten Wald
in der Taiga tief versteckt
eine Lichtung breit und alt
sich ein hölzern Dorf erstreckt.

Blinde Fenster ohne Scheiben
alle Türen fest vernagelt
ohne jedes Alltagstreiben
und so manches Haus zerfällt.

Tiefe Stille in der Runde
nirgendwo ein Hahn nur kräht
oder wachsam bellen Hunde
allen Wiesen ungemäht.

Hinter einem lichten Hain
stehen Kreuze ohne Zahl
und so mancher Grabesstein
erzählt der Toten Schicksal.

Eine Wolke aus Atomen
hat das Dorf im Schlaf erreicht,
niemand ist dem Strahl entkommen,
alle starben, manche gleich.

Das Dorf hieß „Das Sonnige".

Das Fagott

Die Flöte mit den zwei Rohren
ist Generalbass im Orchester,
auch ein Schmeichler für die Ohren
und der Klarinette große Schwester.

Degas malte gekonnt auf Leinen
seinen lieben Freund, einen Fagottist,
der im Großen und Allgemeinen
gutmütig und auch wunderlich ist.

Auch wenn er längst im Ehestand
die wahre Braut ist sein Fagott,
das wird leider sehr oft verkannt,
ist Anlass auch für Hohn und Spott.

Ob aus Ahorn oder Palisander
das Rohrblatt spielt die Melodie,
Vivaldi komponierte nacheinander
fürs fagotto neununddreißig Soli.

Taigawinter

Es dunkelt,
der Tag geht zur Neige,
ein Schneesturm
heult wie ein Wolfsrudel
und er spielt
auf Telegrafenleitungen
wie auf einer Geige,
für meine Leben
geb ich keinen Rubel.

Es friert,
im Pelz sitzt der Frost
und die müden Lider
tragen Wimpern aus Eis.
Kalt weht ein scharfer Nord-Ost,
steif sind alle Glieder.
Erstarrt liegt das Land und weiß.
Und hungrige Wölfe
heulen in der Ferne.

Es leuchtet
ein Licht zwischen Bäumen,
eine einfache Hütte
als Jägerquartier.
Ich glaubte zu träumen,
doch sie steht in der Mitte
einer Lichtung
und rettet mir das Leben.

Weltverbesserer

Der Wimpernschlag
einer Frau
kann Leben verändern.
Der erste Kuss
deines Mädchens
wird Geheimnisse lüften.
Der sanfte Flügelschlag
eines Schmetterlings
könnte Orkane auslösen.
Wir alle aber
ohne Ausnahme können,
wenn wir es nur wollen,
die Welt zum Guten verändern.

Augenblicke

In Augenseen ertrinken,
wenn sie mir lachend winken
und hoffnungslos hinsinken,
im Gras zu deiner Linken,
wenn schon die Sterne blinken
ist schöner als betrinken.

Spätes Erwachen

Tau auf den Lidern
steif in den Gliedern
liegen wir morgens
tief im Weizen.
Nach einer Nacht
mit all ihren Reizen
weck ich dich sacht.

Kornblumen im Mieder,
mit lächelnden Augen
küsst du mich wieder,
Sinne beraubend.
So fallen wir nieder
bis dann die Sonne
wirft sanftes Licht
nach neuer Wonne
uns ins Angesicht.

Kennst du Kotikow?

Kotikow war ein General
dem hat man die Ehre aberkannt
ein Ehrenbürger Berlins zu sein
und das ist ein richtiger Skandal.

Denn er war ein Befreier,
Russe und auch Kommunist
und er hat nicht verbrochen
was vielleicht tadelnswert ist.

Hat kein Fahrrad gestohlen,
keine Frau vergewaltigt,
bestimmt niemand erschossen
und kein Unrecht befohlen.

Der Militär der Sieger,
er war so vermessen,
nur zu befehlen für Kinder
und Kantinen im Osten
täglich ein warmes Essen.

Warum nahm man die Ehre ihm,
was war dem Mann widerfahren?
Er stimmte im Nachkriegsberlin
schließlich sogar für freie Wahlen.

Wenn sein Name auch gestrichen ist,
wie die, aller russischen Befreier
auf Listen, wo heute Hindenburg steht,
sein Name kein Kind dieser Zeit vergisst.

Auch Nikolaus I. erhielt die hohe Ehre
nebst anderer unwürdiger Genossen,
denn auf Befahl vom Mörderzar,
wurden tausend Dekabristen einfach
anno 1825 zusammengeschossen.

Doch Kotikows Tochter Swetlana
weilt immer noch in unserer Stadt,
auf dem mächtigen Arm des Befreiers,
als Model für Wutschetitsch Bronze
schaut sie über Treptows Park.

Wunschträume

Wenn Schatten langsam dunkeln
die Stadt legt sich zur Nacht
von Ferne Sterne funkeln
ist meine Sehnsucht erwacht.

Meine Träume und Gedanken
rüsten sich zum Rendezvous,
fliegen dann auf Mondlichtplanken
rastlos deiner Seele zu.

Mach es wie der fahle Mond,
der mir scheint manche Nacht,
und doch fern am Himmel thront,
komm zu mir, bis der Tag erwacht.

Von der Zeit verweht

Die Jahre fliehen
und die Liebe erlischt
zuerst verlor ich deine Stimme
und dann dein Gesicht.

Die Zeit verrinnt
und die Erinnerung verblasst,
ich hab dich geliebt
und du hast mich gehasst.

Der Blick zurück
um Geschehenes zu sehn,
ich les deine Briefe
um Vergangenes zu verstehn.

Deine Zeilen
verschwimmen vor meinen Augen
weil die Worte der Liebe
für heute nichts taugen.

Unsere Tage
voll Liebe und Zärtlichkeit,
sie besuchen meine Träume
und sind niemals Vergangenheit.

72

Traum vom Frieden

Fiebernd in den Kissen
träumt ich von Morgen
und eine Welt ohne Waffen
und schlechtem Gewissen,
eine Welt ohne Sorgen
das ist doch zu schaffen.

Verschrottet die Panzer
geschmolzen zu Stahl,
ohne Sprengköpfe die Raketen,
auf den Schießplätzen Pflanzer
und Äpfelbäume ohne Zahl,
auch Wölfe sind dort vertreten.

Entlastet der Haushalt
von Rüstungsausgaben
die Viertagewoche eingeführt,
Nachbarn verzichten auf jede Gewalt
und es gibt Spielstraßen ohne Paraden
das hat mich zutiefst im Traum berührt.

Liebeserklärung

Meine Liebe
soll dich umfangen
wie ein Collier
und ich weiß
dein Versprechen
ist flüchtig wie ein Vogel
und du wirst es brechen.

Deine Augen,
so rätselhaft schön
sind für mich
wie Sterne einer Sommernacht
unnahbar fern
und von zauberhafter Macht.

Dein Herz,
so kühl und stolz
weiß nicht, was es beschert,
gib es mir nur in meine Hand
und wenn es mir gehört
verlier ich den Verstand.

Deine Haut
so kühl und wie Samt
ist zum Streicheln geschaffen
und dein schönstes Kleid
wenn du nackt bist
und von Scham befreit.

Insektenlos

Eine Libelle,
ne recht sexuelle
sucht auf die Schnelle
dort an der Quelle
für den Fall aller Fälle
nen Geselle.

Eine Hummel
liebt das Gebummel
und hasst das Getummel
und auch das Gefummel
auf jeden Rummel.

Eine Eintagsfliege
schlüpft aus der Wiege
macht eine Biege
um die Gartenliege
im Tagesgetriebe
und stirbt bei der Liebe.

Eine Motte,
auch so ne kokotte
und auch flotte,
sie heißt Charlotte
wohnt in der Grotte,
sehr zum Spotte.

Meeresrauschen

Meeresrauschen
zu lauschen
und Wellenschlag
den ganzen Tag
im Dünensand
am leeren Strand.

Möwengeschrei
fern zu hören
und Wolkenfabelwesen
segeln lautlos vorbei
ohne zu stören
über Windflüchterbesen.

Strandlilien
zu pflücken
beim Sonnenuntergang
und Farbensymphonien
entzücken
über dem Steilhang.

Lagerfeuerromantik

Wenn das Lagerfeuer brennt
müde säuselt Wind in Bäumen,
lauschen wir Gitarrensaiten,
ein Gefühl das jeder kennt
und beginnen gleich zu träumen,
von der Liebe stürmisch Zeiten.

Wenn die Flammen lodern
Sehnsucht unser Herz bedrängt,
denn die Liebe ist verschwunden.
Ich schau auf zu unserm Stern
den ich dir im Mai geschenkt
in der Liebe Zauberstunden.

Wenn die Funken stieben
himmelhoch zur Dunkelheit,
flüstere ich still deinen Namen,
nur der Klang ist mir geblieben
und dein Bild im blauen Kleid,
als du gingst zum Staatsexamen.

Wenn die Glut erlischt,
Nebel graut den dichten Tann,
feuchte Kälte hüllt mich ein,
sehe ich noch dein Gesicht
und denkt an den Zauberbann
als wir eins waren zu zwein.

Spreewasser

Aus dem Fluss
Wasser zu trinken
ist kein Genuss.
Wellen blinken,
Gefühlserguss
beim Winken.
Schnappschuss
zur Linken,
Motive im Überfluss,
Gäste betrinken
sich im Touribus,
Träume versinken.
Badende Venus
ohne zu Schminken
bereit zum Kuss.
Verse die hinken,
alles ist Stuss.

Menagerie

Sie liebte ein Kätzchen
mein hübsches Schätzchen
und machte oft Mätzchen
mit Kätzchen im Bettchen.

Sie hatte auch einen Hund
der war gesund und kugelrund
und bellte und jaulte jede Stund,
das war mir aber bald zu bunt.

Ich kaufte ihr einen Kakadu,
da war es aus mit unsrer Ruh,
denn der Vogel sang immerzu:
Schätzchen, was machst denn du?

In ihrem schönen alten Haus
da lebte eine winzige Maus,
die war nachts auf Suche aus
und fand so manchen Schmaus.

Liebeserklärung

Ich liebe mein Leben,
so wie es ist,
weil du mein Leben teilst.
Und ich liebe dich,
weil du mein Leben bist
und meine Seele heilst.

Augenblicke

Den Augen der Frauen
ist nicht zu trauen,
weder den grünen
noch den meerblauen.
Die Braunen schauen warm,
doch die Grauen ganz kalt,
die Schwarzen, oh erbarm
haben des Feuers Gewalt.

Wenn Augen der Frauen
lachen, ganz im Vertrauen
beginnen Herzen zu tauen,
doch ihre Tränen wie man weiß
schmelzen noch immer jedes Eis.
Frauenblicke
stecken oft voller Tücke,
sind von Mannsleuten
auch niemals zu deuten.
Doch die Erfahrung zeigt genau,
die Augen sind die
gefährlichsten Waffen der Frau.

Wunschträume

Mir träumte
ich könnte fliegen,
um die Welt
von oben zu sehn.

Ich würde
dem Wusch erliegen
wie es mir gefällt,
in Paris spazieren zu gehn.

Ich könnte
in Wolken mich wiegen,
bis mir schwindelt
und dabei zusehn
was die Liebste so anstellt.

Beim Aufwachen
und noch im Liegen
merkte ich mit Verdruss
der Erden Schwere.
Vorbei der Traum vom Ikarus.

Winter in Moskau

Es ist schon März,
der Schnee fällt leis
und weißt die dunkle Stadt.

Auf dem Moskwafluss
glitzert blankblaues Eis,
der Winter nimmt kein Ende.

Die Lippen sind spröde
beim kalten Kuss
und eisig sind deine Hände.

Es blendet das Weiß
die Straßen sind öde,
auch der allerletzte Bus
macht seine Wende.

Zarte Kristalle aus Eis
tauen auf den Wimpern,
lautlos unser Schritt im Schnee.
Nur unsere Spuren sind Beweis,
dass in menschenleerer Allee
uns leuchtete ein Stern.

Die Harfenspielerin

An der goldenen Harfe
sitzt oft ne ganz Scharfe,
ganz rechts im Orchester
so ein reifes Semester.
Denn das Saitenspiel
erfordert zartes Gefühl
und auch ein Krafttalent
fürs schwerste Instrument.
Die Harfenistin zupft mit Esprit
Musik von Meister Debussy.
Auch die blonde Loreley
hatte schon eine Harfe dabei.
Verführerischer Harfenklang
war Minne lieblicher Gesang.
Wer hier wie da ne Harfe hört
ist heut wie einst sofort betört.

Was ich so liebe

Ich liebe
einfaches Leben,
am Fenster zu sitzen,
wenn der Regen
die Stadt blank wäscht
und das Land rein.
Mit einem Buch
in der Hand
und einem Glas Wein,
Bei leiser Musik
von Tschaikowski,
was kann schöner sein.
Und ich erwarte
den Anruf von dir
dass du kommen wirst
heute Nacht zu mir.

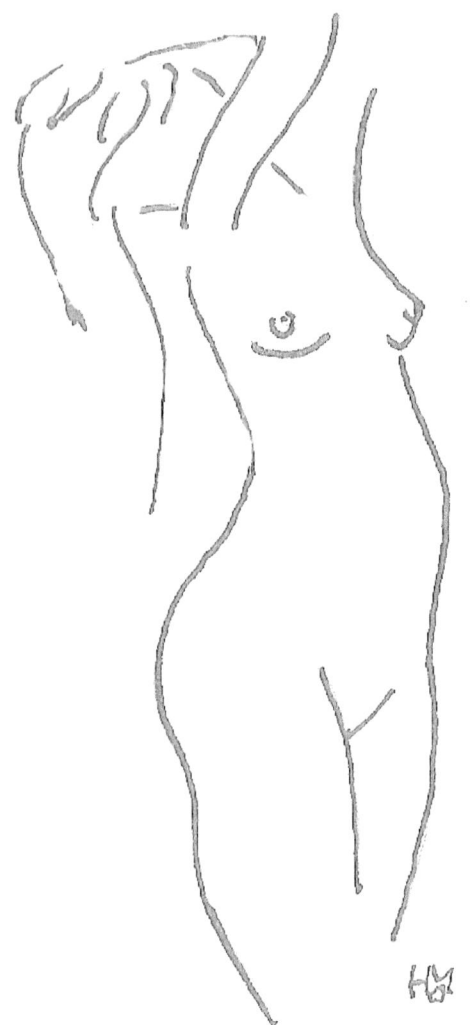

90

Zeitgedanken

Zeit vergeht,
Wind verweht,
Liebe kommt,
Liebe geht.

Zeit vergeht
früh bis spät,
Sonne scheint,
Regen weint.

Zeit vergeht,
Erde dreht,
Rose blüht,
Sommer glüht.

Zeit vergeht,
Hoffnung lebt,
Herbstlaub fällt,
Traum zerschellt.

Zeit vergeht,
Seele schwebt,
Land gefriert
Schnee verziert.

Zeit vergeht,
Sehnsucht entsteht,
Knospen springen,
Lechen singen.

Wovon sprecht Ihr?

Ich wüsste wirklich gern
wovon Ihr sprecht
im Namen des Herrn?

Wer gab euch das Recht,
das Studium der Theologie?
Ist das nicht Blasphemie?

Und wenn Ihr Ministranten liebt,
glaubt Ihr ernsthaft,
dass Euer Gott Euch vergibt?

Im Namen des Herrn
ist das Menschliche fern,
werden Waffen gesegnet.

Und wenn es Bomben regnet
auf Kinder und Frauen
soll man ruhig auf Gott vertrauen?

Als Heimstatt Gottes
werden Paläste errichtet,
hat er aber nicht auf Gold verzichtet.

Ich wüsste wirklich gern
wovon Ihr sprecht
im Namen des Herrn?

O.

Tief im Pelz
blickst du verstohlen
unterm Wimperschleier vor
Atemwolken Frost befohlen
an dem alten Gittertor.
Hoch im All
verloren blinkt ein Stern
zwischen Wolkenlücken,
Noten klingen von fern
schwarz schlafen die Brücken.
Kalt jagt der Wind
Gestalten schattengleich
in verwunschnen Gassen,
macht uns die Augen blind
mit Frost ist nicht zu spaßen.
Still ist die Nacht,
nur Schemen dein Gesicht,
es funkeln die Kreolen,
da habe ich dir ganz sacht
im Dunkeln den Kuss gestohlen.
Fern blinkt ein Licht
das aus einem Kirchlein fällt,
wo trauriger Gesang
begleitet unterm Sternenzelt
uns durchs Zauberwinterland.
Drüben schlägt die Kremluhr
Liebestränen, Treueschwur.

Wiederkehr

Ich würd so gern
in dieser Abendstunde
mit der Metro zu dir fahren
und dort im Untergrunde
dich küssen wie vor Jahren.

Nun ist es Mai
und wieder blühen die Linden
und ich bin voller Hoffen
dich und dein Haus zu finden
wo wir uns einst getroffen.

Ich sagte einst,
ich kehr zu dir zurück,
doch das Leben ist ohne Plan,
auch blind ist das erhoffte Glück
unsere Liebe bleibt ein Roman.

In der großen Stadt
ist verloren deine Spur
und traurig ist mein raues Gemüt,
nun ist uneinlösbar mein Schwur,
doch Sehnsucht niemals verglüht.

Das Regentief

Das Fenster beschlagen,
es regnet seit Tagen,
das schlägt aufs Gemüt
und auch auf den Magen.

Es hilft nicht zu klagen
und auch zu verzagen,
denn des einen Verdruss
ist des anderen Behagen.

Das Sonnen ohne Fragen
ist leider zu vertagen,
denn bei diesem Guss,
läuft es nass in den Kragen.

Glaubt man Wetteransagen,
auch Bauernregeln wahrsagen,
wenn Winde Wolken verjagen,
kommt es zu sonnigen Tagen.

Die Triangel

Um die Triangel
im großen Orchester
gibts kein Gerangel,
aber viel Geläster.

Das Schlaginstrument
mit zartem Spiel,
das jedermann kennt
kostet nicht viel.

Sein hoher Diskant
hat Mozart begeistert
und ins Serail verbannt,
wahrlich gemeistert.

Auch dem großen Liszt
war es das Dreieck wert,
es schrieb der Komponist
ein Solo ins Klavierkonzert.

Küsse

Küsse heiß begehrt,
aber Küsse oft verwehrt.
Küsse getauscht,
vom Küssen berauscht.
Küsse sind flüchtig,
auf die Stirn recht züchtig,
aber Küsse auf den Mund
sind sie dagegen gesund.
Ein heimlicher Kuss
macht wenig Verdruss.
Die Hand wird geküsst,
mit dem Kuss wird gegrüßt.
Küsse werden geraubt
und Küsse werden erlaubt.
Küsse, scheu wie ein Reh
tun bestimmt nicht weh,
doch beim wilden Küssen
wird in die Lippen gebissen.
Küsse heiß wie Feuer
sind manchmal teuer.
Der erste Kuss ist süß,
führt selten ins Paradies.
Es kommt zum Schluss
ganz ohne Kuss.

Herbstlaub

Blätter welk und bunt
vom Wind
den Ästen entrissen
tanzen durch die Luft
um taumelnd
zu landen
in den Kürbissen.

Laub rot und gelb
das Gras
mit warmen Flor
bedecken
und in den Hecken
weben Spinnen.

Unschuld

Ich traf die junge Maid
an einem Maientag,
wo sie im weißen Kleid
schlummernd im Grase lag.

Sie war so ganz gelöst
und lächelte im Traum,
ihr Busen war entblößt
dort unterm Kirschenbaum.

Und in dem Sonnenlicht,
das durch die Blätter fiel,
sah ich ihr Feengesicht,
dem ich sogleich verfiel.

Und weiße Blütenblätter
sie segelten hernieder,
es war ein Bild für Götter,
sie fielen in ihr Mieder.

Ich wollt das zarte Kind
nicht aus dem Traum wecken
und überlies es dem Wind
die Jungfrau zart zu necken.

Doch hätte ich gern erlebt,
um wirklich alles in der Welt,
wie sie unter Küssen bebt,
bis dass die letzte Blüte fällt.

Ja, Russland

Es kommt vor,
dass alte Melodien
im Kopf erklingen,
Sehnsucht
ergreift das Herz,
den Klang des Bajan
zu hören,
von der Tajga zu träumen
und dem Mädchen,
das für mich sang.

Es passiert,
dass ich von Steppe
wachend träume,
von unendlichen Weiten,
dichten Wäldern
und den Durst stille
im Strom mit steilen Ufern,
in dem die
Sonne badet.

Ach wie ich vermisse
Sibiriens Fröste,
den Schneesturm,
der um das Blockhaus
wie ein Wolf jault
beim Feuer
und einem Wässerchen,
der die Seele wärmt
und die Tränen
der Sehnsucht trocknet.

Spanien

In Spaniens Bergen
blühten die Mandeln
Sinne betäubend
Schnee aus Blüten.

Neben dem Wege
rostete Eisen,
Neugier entfachend
näher zu schauen.

Im Sand vergraben
lag ein Gewehr,
schon viele Jahre
Bürgerkriegsschrott.

Zwischen den Hügeln
tobten die Kämpfe
von Republikanern
und Francos Faschisten.

Ja, alte Geschichte
längst verdrängt,
Spanien ist heute
das Urlaubsparadies.

In ihren Ferien
kommen die Deutschen,
wollen nicht mehr wissen
von der Legion Condor.

Fremdsprache

In vielen Sprachen
kann ich sagen:
Ich liebe Dich!

Um Liebe zu machen
ohne Fragen
reicht das aber nicht.

Damit gedeiht
Korn auf dem Feld
und Lachen der Kinder
und die Liebe auch,
braucht Frieden die Welt.

Für eine Welt ohne Streit
lernen wir ein Wort,
das wir vorantragen
in jeden Ort:
englisch peace
und französisch paix,
Schalon hebräisch
und auf russisch MIR
und wenn wir lieben,
kämpfen wir dafür!

Fuhrmannlied

Schnee unter Hufen
stürmt die Troika ostwärts
durch die Nacht.
Die Rosse schnaufen,
Schaum in den Trensen
knirschende Kufen.
Und dazwischen leis
das Schlittenglöckchen.

Und der Kutscher
singt voller Sehnsucht
von seinem Mädchen
mit rätselhaften Augen,
blau wie Kornblumen
und Lippen so rot
wie Hagebutten am Wege,
mit goldsonnigem Haar,
die nicht warten konnte.

Spreewald

Wassergeister
alte Sagen
flaches Land
Mücken plagen.

Stille Fließe
Vögel singen
Wehre rauschen
Fische springen.

Leinöl, Knidle
Gurkensuppe
Kahnrundfahrt
Spreewaldpuppe.

Flottes Rudel
Wendentrachten
Wasserwelt
ohne Yachten.

Schlangenköpfe
Häuser schmücken
Fischkästen
und wieder Mücken.

Paddelboote
Schleusengroschen
Regenschauer
Gummigaloschen.

Froschkonzert
Kranichzüge
Rinderweiden
Fischadlerflüge.

Fette Plinsen
Post vom Kahn
Erlen fallen
vom Biberzahn.

Wassergeist

Wasser ist
das Blut der Erde
sprudelt hell
und klar der Quell
an Gedanken
und Ideen.
Rauscht der Bach
dem Tale zu,
schwillt zum Fluss
schwer vom Regen,
bringt Bauernglück
und Erntesegen.
Wasser ist
ohne Geschmack
und Farbe
aber kostbar
und glasklar.
Lockt zum Trinken
und zum Baden
Blut der Erde
und versickert
in der Hitze
wie die Blitze
von Gedanken.

Lebensspur

Die Spur meines Lebens
gleicht Fährten im Sand
nach Wind und Regen,
suchst du sie vergebens.

Im großen Weltgetriebe
ein Sandkörnchen nur,
trotz Bücher und Bilder
verliert sich bald jede Spur.

In der technischen Welt
als Romantiker fremd,
Geliebter und Kämpfer,
aber sicher kein Held.

Es naht der Lebensherbst
und Liebe wird Erinnerung,

Sonnenuhr

Dauerregen
Wolkengrau
Wasserlachen
Meerjungfrau.

Sonnenuhr
Schattenreich
Zeitgefühl
Uhrenvergleich.

Wolkenlücke
Sonnenstrahl
Zeigerzeit
Jahreszahl.

Hagelschauer
Blumenuhr
Wetterschaden
Generalreparatur.

Winterzeit
Schneegestöber
Uhrenschlaf
Liebestöter.

Traurigkeit

Wenn ich traurig bin
denke ich daran
dass ich glücklich war
und wieder sein werde,
weil ich das Leben liebe
und den Regenbogen,
den Sturm an der Küste,
den Schnee in den Bergen,
den Frühling der Taiga,
kluge Bücher und
fesselnde Gemälde,
geistreiche Menschen
und schöne Frauen,
klassisches Ballett
und unsterbliche Noten,
die erregende Einsamkeit
vor einem weißen Blatt,
einer jungfräulichen Leinwand,
und wenn ich dich erwarte.
Weil alles das mein Leben ist.

114

Winter

Raureifmärchen
Plusterspatzen
Atemnebel
Scheibenkratzen.

Meisenknödel
Schneewehen
Eiszapfenzeit
Frostzehen.

Schneemänner
Spiegelpfützen
Eisblumenfenster
Lammfellmützen.

Schlittenbahn
Rutschpartie
Glühweinzeit
Tannengalerie.

Was ich liebe

Ich liebe es,
dir in die Augen zu schauen
und wenn du mir nah bist.
Weil dann mein Herz
ein wenig schneller schlägt
und ich fühle,
dass ich lebe.

Ich liebe es,
wenn du mich rufst
und dir immer wieder
neue Kosenamen ausdenkst,
die originell und lustig sind,
mich zum Lachen bringen.

Ich liebe es,
dich zu beobachten,
wie du vor dem Spiegel
kritisch deine Figur betrachtest,
die ich so gern umarme,
doch du verziehst
nur unzufrieden das Gesicht.

Rabenvögel

Bei der Bergrast haben die Dohlen,
frech meine Brotzeit gestohlen.
Die Elstern in unserem Garten
gehören zu den neugierigen Arten.
Die Raben oben in den Geästen
untersuchen gern die Vogelkästen.
Der Kolkrabe mit schwarzem Gefieder
glänzt auch als begnadeter Flieger.
Ein Modegeck ist der Eichelhäher,
im Wald jedoch, ein warnend Späher.
Ein Sperlingsvogel ist die Nebelkrähe,
bleibt auch im Winter in der Nähe.
Sie alle sind Singvögel ihrer Art
doch ihr Gekrächze ist nicht apart.

Traben-Trabach

Weinlagen
Moselschleife
Uraltsagen
Beerenreife.

Göttertrank
Kalkgestein
Sonnenbank
Ergriffensein.

Rieslingkultur
Weinkeller
Römerspur
Winzerteller.

Fachwerkgassen
Wandertouren
Weinterrassen
Kirchturmuhren.

119

Sterne

Sie begleiten
meine Nächte
und Träume,
die Zeugen
der ersten Liebe
und oft scheint es
als zwinkerten
sie mir blinkend zu
mit kalten Licht.
Als Diamantenstrahl
schwimmen sie
den dunkelblauen
Himmelsozean
schmückend,
sind Musenhain
und guter Stern
der uns einst
zusammenführte
und nach dem
wir strebend greifen.
Doch am Morgen
verschwinden sie
ganz ohne Spur,
die Gesellen
der Nacht.

Gefallene Unschuld

Die Unschuld einer jungen Maid
gleicht Kirschblüten im weißen Kleid.
Bewundernd Blicke zieht sie an
und Jünglinge in ihren Bann.

Keusch schlägt sie ihre Augen nieder
die Hand bedeckt ansehnlich Mieder.
Auch rot wird oft ihr Angesicht,
glaubt nicht, was ihr Gefühl verspricht.

Unruhe quält sie nun in der Nacht,
sie spürt des Eros Zaubermacht.
Und unter einem Kirschenbaum
träumt sie den alten Mädchentraum.

Von Küssen zart wird sie geweckt,
das weiße Kleid, es wird befleckt
und Früchte reifen an den Zweigen,
nicht nur, das wird sich bald zeigen.

Neujahrsmorgen

Schneeflocken
und kalte Sterne
zart bizarr
aus Wolkenferne.
Himmelsboten
fallen sanft
wie nach Noten
leicht beschwingt.
Weißer Traum
wie Zuckerkristall,
Winterflaum
erstickt den Schall.
Eisesstarr
der Weiher glänzt
Marktplatz ist
mit Tann bekränzt.

Fingerspitzen

Sie wandern
wo es verboten,
Haare sich sträuben
auf junger Haut
unter ihrem sanften,
streichelnden Druck.

Sie malen
unsichtbar tastend
den Schwung des Halses,
die Form der Brüste,
des Nabels Grube
bis zum Dreieck
der Venus.

Mondlichtgemälde

Vollmond schaut in mein Fenster
durch das dichte Blätterdach,
schickt taumelnd Lichtgespenster
mir im Wachtraum tausendfach.

Teufelsfratzen grinsen frech
schneiden fürchterlich Grimassen
und nach Schwefel stinkts und Pech,
lassen mich im Schlaf erblassen.

Nach dem Spuk wird es ganz licht
und aus gleißend Wolkendom
schwebt eine Nixe wie ein Gedicht
zart beschleiert als Phantom.

Staunend öffne ich die Lider
und an die dunkle Zimmerwand
zeichnet Mondlicht zarte Glieder
meiner Liebe mit Zauberhand.

Tagtraum

Unter der Sonne
auf grüner Wiese
lagen wir beide
ganz atemlos.

Unsere Herzen
dicht beieinander
pochten Duett
vom Wolkenflug.

Hand in Hand
und Haut an Haut
erlosch zaghaft
inneres Beben.

Eng verbunden
Atem tauschend
in Sekunden haben wir
die Welt umrundet.

Melancholie

Fahles Mondlicht
schwarze Wolken
weiße Ödnis
schneeverweht.
Und vor Augen
Dein Gesicht
weltverloren
in der Steppe
grenzenlos.
Schlittenschellen
Pferdeschnaufen
Fuhrmannslied
und Wolfsgeheul
sind Begleiter
in der Stille
ohne Echo.
Selbst der Schnee
fällt lautlos nieder
aus dunkler Höhe
als Kristall.
Weite Landschaft
wie ein Leichentuch
weckt Schwermut
die mein Herz
befällt.

Winterreflexionen

Die Kufen der Troika gleiten
knirschend auf gefrorenem Land
und gespenstig wie auf Harfensaiten
spielt Sturm im Telegrafen Band.

Die Fichten vereist sie wanken
als Spalier für den endlosen Weg
und meine traurigen Gedanken
sind ein so schweres Gepäck.

Wie erstarrt ist die Landschaft
unter dem Schneetuch begraben
und in der blätterlosen Birke
krächzen schwarzglänzend Raben.

Und dennoch tauschte ich gern
mit den schwarzen Vögeln mein Los
und folgte so fliegend dem Stern
meiner Hoffnung und Liebe Trost.

Wer ich sein möchte

Ich möchte der Wind sein,
in deinen Haaren spielen
und deinen heißen Leib
kühlend streicheln.

Lass mich die Sonne sein
die deinen Marmorkörper
mit heißen Strahlen sanft
umschmeichelt und vergoldet.

Und wenn ich eine Wolke wär,
würde ich mich über dich werfen
und dich ganz bedecken
kosend mit sanften Schleier.

Ich möchte Regen sein
der sich wie Morgentau auf
deinen Wimpern niederschlägt
und deine trocknen Lippen labt.

Aber all das ist nicht das,
was ich für dich sein kann,
dann vielleicht nur eine Seite,
im Buch deiner Erinnerung.

Ich möchte der Sturm sein,
der in deinen Haaren wühlt
und in lauen Sommernächten
den heißen Körper kühlt.

Ich will der Sonne Schatten sein
dich überall begleiten
und deinen Leib vergolden
zu allen Tageszeiten.

Ich könnt das Wasser sein,
das dich umspült im Fluss
und aus der Quelle trinkst
mich küssend mit Genuss.

Wenn ich der Sand wär,
in dem du sonnend liegst,
könnt ich dich modellieren
wenn du dich träumend wiegst.

Wenn ich eine Rose wär,
mein Duft würd dich betören
und bis zum Welken dann
dir ewig Treue schwören.

Weil ich bin, wer ich bin
und ändern liegt mir so fern,
bist du für mich so unerreichbar,
wie Capella, der schöne Stern.

Streit der Musen

Es war schon weit nach Mitternacht
da bin ich plötzlich aufgewacht,
an meinem Bett im holden Streit
Euterpe und Erato recht entzweit.

Euterpe blies mit viel Gefühl
der Lyrik schönstes Flötenspiel,
Erato lies die Saiten klingen
der Leier wie auf Liebes Schwingen.

Ich rieb die müden Augenlider
und setzte mich zum Dichten nieder.
Euterpe führte mir die Hand,
Erato mir die Verse lieblich band.

Doch mit dem ersten Hahnenschrei
war auch der Spuk der Nacht vorbei.
Auf meinem Tisch, oh glaubt es mir
nur weißes, unschuldiges Papier.

Die verwelkte Rose

Nur die Blätter
einer verwelkten Rose
und der Duft deiner Haare
und ein zerwühltes Laken
erinnern im kleinen Zimmer
an Dich, als ich erwachte.
Wohin bist verschwunden
ohne ein Kuss oder Wort?
Nicht eine hingeworfene Zeile
entdecke ich im Zimmer,
wo aus dem offenen Fenster
die Gardinen den Morgen
flatternd grüßend winken,
den neuen Tag,
der in Tränen verschwimmt.
Wie Regen rinnen sie
salzig über meine Lippen
die du zerbissen hast
bei unserem Flug ins All.
Ohne dich zu leben,
scheint mir unmöglich,
und wie soll ich die Leere
in meinem Herzen füllen,
das in meiner Brust schlägt,
schnell und aufgewühlt.

Alle Illustrationen sind Federzeichnungen des
Autors zum Teil nach bekannten Vorlagen.

Weitere Publikationen des Autors:

„**Moskauer Venus**" - Tagebuch eines
Herumtreibers
(unter dem Pseudonym Genadij Neshin)
ISBN 3-8334-4474-6

„**Ein Haus so himmelblau**" - Ein Maler- und
Liebesroman
ISBN 978-3-8423-9839-9

„**Palette Russlands**" Repin-Romanbiografie
I. Band
ISBN 978-3-7322-2643-6
„**Das Russlandgemälde**" Repin-
Romanbiografie II. Band
ISBN 978-3-7357-4597-2
„**Die Farben der russischen Seele**" Repin-
Romanbiografie III. Band
ISBN 978-3-7412-4909-9

Kurzgeschichten
„**St. Petersburg, mon amour!**"
ISBN 978-3-7357-5266-6
„**Moskau, meine Trauer!**"
ISBN 978-3-7386-8827-6
„**Moskau, fremde Schöne!**"
ISBN 978-3-7386-9723-0
„**St. Petersburg, so kühl wie schön!**"
ISBN 978-3-7392-7611-0
„**MOCKBA und die Moskauer**"
ISBN 978-3-7448-4351-5
Lyrik
„**Liegengelassenes Aufgehoben**"
ISBN 978-3-7412-1395-3